AF233504

VERS
DV BALET
DE LA
TROMPERIE.

REPRESENTE DEVANT LE ROY.

VERS
DV BALET
DE LA TROMPERIE.

RECIT DE LA TROMPERIE.

E suis la Deeße du temps
Fille de l'ombre, & du menſonge,
Dont le plus commun paſſe temps
Soit que ie veille, ou que ie ſonge,
D'vne ſubtille main qui n'a point de ſeconde
Eſt de tromper icy les plus ſages du monde.

Ces finets à doubles humeurs
Par la reigle que ie leur donne
Reçoiuent de moy les faueurs
De iamais n'eſpargner perſonne,
Et d'vne habile main, qui na point de ſeconde,
Je faicts tant qu'icy bas ils trompent tout le monde.

A ij

Belles ne craignez pourtant pas
De ces déguisez la malice,
Ils redoutent plus vos appas
Que vous n'apprehendez leur vice;
   Mais vnissez vos traits à leur ruse feconde
   Et vous pourrez gaigner les plus trõpeurs du mõde.

Pour le Crocheteur,

Belles secourez moy de grace,
Ie sens mon fardeau si pesant
Qu'il s'en ira bien tost panchant
Si vous n'approchez de ma place:
Venez ie vous iure la foy
Que vous porterez mieux que moy.

Pour vn Gladiateur.

Combatre c'est tout mon bon heur,
C'est là que la gloire m'appelle,
Et crois que c'est manquer d'honneur
De viure trois iours sans querelle:
   Ie voys d'vn œil content mes plus fiers ennemis
Me demander la grace à ma valeur soubmis,
Ou mourir abbattus d'vne playe profonde:
Pourtant quelque douceur que i'y puisse gouster,

Ie sçay

Ie ſçay que le plaiſir de mettre vn homme au monde
Eſt plus grand que celuy qu'on a de l'en oſter.

Pour l'Empirique.

Ie promets guarir de tous maux,
Et ne fis iamais vne cure,
Mais ſi long temps mon credit dure
Il faut des remedes nouueaux:
    I'en ſçay vn tres grand, quand il entre,
    C'eſt de ſaigner au bas du ventre.

Pour l'Aueugle.   Aux Dames.

Pauure Aueugle trompé par vn fin Charlatan
Belles, apres auoir cette niche ſouffrte
Ie vous demande vn lieu pour y pleurer ma perte,
C'eſt le ſeul reconfort que de vous ie pretan:
    Ne m'y conduiſez point de grace,
    I'iray bien tout ſeul à taton,
    Ie me contente de la place
    Où me guidera mon baſton.

Pour le Boſſu.

Si i'ay le pourpoint contrefaict
Ce n'eſt qu'vn defaut de nature,

Tout le bas est assez bien faict,
Et m'en reste à bonne mesure :
    Belles ne vous desgoustez pas
    Si ce Bossu dance des pas.

    Vous sçauez que quand il vous voit
Son corps tellement se manie,
Que de penchant il deuient droit,
Et pourroit seruir Vranie :
    Mais il ne l'auroit si tost faict,
    Que son corps seroit contrefaict.

Pour le Paralitique.   Aux Dames.

    Beautez que vos effects sont doux !
Le grand Dieu de la Medecine
N'est point habile au prix de vous,
Et ne se congnoit en racine :

    Tout maintenant i'estois sans pous,
Et sans mouuement, & sans mine,
Mais soudain vous m'auez recous
D'vne façon plus que diuine :

    Mes membres de mal oppressez

Se ſont auſſi toſt redreſſez,
Qu'ils ont ſenty voſtre air propice:
Beautez, quels Dieux pleins de vertu
Peuuent ainſi pour leur ſeruice
Redreſſer vn membre abbatu?

Pour le Fol.   Aux Dames.

Vous voyez bien à ſon viſage,
A ſes yeux, a ſon entretien,
Et à ſon fantaſque maintien,
Qu'vn pareil a luy n'eſt pas ſage:
Belles prenez bien garde à vous,
Il eſt faſcheux quand il eſt foux.

Pour la Boemieſne   Aux Dames.

Si vous voulez que ie deuine
De vos ſecrets cachez quelles ſont les penſees,
Ie cognois bien a voſtre mine
Que de faire cela vous n'eſtes point laſſees?

Pour la Nourrice.

Ie ne ſuis point de ces Nourrices
Qui craignants ne l'eſtre aſſez toſt
Treſient ſur gage, & le depoſt
Emplit bien ſouuent leur matrices.

La Laictiere.   Aux Dames.

Mes Dames qui aymez le doux.
Ce pot au laict n'eſt pas pour vous,
I'en porte vn autre ſous ma cotte
Dont le laict touche plus au cœur,
Ce ne ſera pas la plus ſotte,
Qui en gouſtera la liqueur.

Pour l'Enfant.

Belles voicy cet Innocent
Qui pend encor à la mamelle,
Celle qui aymera l'Enfant,
Le mette coucher aupres d'elle:
Car il n'y peut eſtre long-temps,
Qu'elle ny prenne paſſe-temps.

Pour le Boulanger.

Ie ſuis vn parfaict Boulanger
Venez à moy belles chalandes,
Le pain blanc que ie fais manger,
Eſt deſtrempé de laict d'Amandes:
Ie iouë quand le four eſt chaud,
De l'eſqueuillon comme il faut,
Et pour vn ſeul cas l'on m'adiourne
Qui n'eſt grand quoy que bien cognu,
C'eſt qu'entre ces pains que i'enfourne
I'en fais touiours quelqu'vn cornu.

Pour

Pour le Procureur.

Bien qu'on me tienne pour vn Aſne,
Ie ſuis ſçauant en la chicane,
Et n'eſt pas iuſqu'à mes valetz,
Qui ne ſouſtiennent teſte nuë,
Que i'eſbranſle tout le Palais
Auſſi toſt que ie me remuë;

Cet art qui n'eſt point mecanique
Donne à celuy qui le practique
Mille delices à la fois;
Mais quoy que l'on en puiſſe dire
La plus grande que i'y reçois,
C'eſt quand on m'oblige à produire.

Pour les Payſans.

Si d'vn pas qui n'eſt limité
Nous obſeruons peu la meſure,
C'eſt noſtre amour de ſa nature
Qui ſe porte à l'extremité:
Auſſi les cauſes de nos flames
Preſſent ſi puiſſamment nos ames
Par les excez de leur beautez,
Qu'il n'eſt point en noſtre puiſſance

D'auoir la libre jouyſſance
Du corps , ny de nos volontez.

Pour les deux Fripons.

Nous ſommes valets volontaires
De qui le ſoing diligent
Ne demande point d'argent,
    Pour nos ſalaires ordinaires,
    Quand à couuert nous ſeruons
    Le ſubject que nous ſuiuons:

Belles , c'eſt vn tres bon ménage
    De nous arreſter à vous,
    Car en vous ſeruant de nous
    Vous aurez deux valets ſans gage,
    Qui donnent fort librement,
    Ce qu'on deſire en aymant.

Pour l'Eſpagnol.

Je pren volontiers à credit
Toutes les hardes qu'on m'apporte,
Mais ie traite d'vne autre ſorte
Celles qui preſtent dans le lit.

Pour le Ioüalier.

Ie fais credit à vn chacun,
   Belle auez vous befoin d'auence?
   Si vous ne payez c'eſt tout vn
   Ne craignez pas la violence;
     Car ie veux traicter auec vous
     Par vn appoinctement plus dous.

Pour le Tailleur.

Prendre bien iuſte la meſure,
   Tailler, & coudre proprement,
   Puis rabbatre bien la couſture,
   Chacun le faict communément :
Mais c'eſt vn miracle ſans doute
   D'enfiler dés le premier coup
   L'aiguille quand on ne voit goute,
   Et cela ie le fais ſur tout.

Pour le Pipeur.

Les hommes ſont le but de mes fines cautelles,
   Mais ie n'abuſe point les femmes ſur ma foy,
   S'en voit il vne icy qui ſe plaigne de moy
   Quoy que ie ſois ſouuent en affaire auec elles?

C ij

Pour les Pipez.

Voyez, que du ieu la chaleur
Nous a reduit à ce malheur
De paroiſtre nuds en chemiſe,
Belles, nous ſommes trop honteux,
Par pitié cachez nous tous deux
Où perſonne ne nous auiſe.

Pour le Vinaygrier.

Vous de qui la teſte eſt ſi bonne
Gouſtez mon Vin-aigre piquant,
Car ie ne ſçache point perſonne
Qui en ait de plus excellant :
Enfermez-le dans vos bouteilles,
Sans doubte il y fera merueilles.

Pour la groſſe Seruante.

Belles, i'enten bien le menage,
Seruez vous de moy ſeulement,
Si ie ne balie ſouuent,
Ce n'eſt pas faute de courage,
Car ne trauaillant qu'vn petit
Ie demeure en mon appetit.

Pour le Chanteur de Chansons sur le pont neuf.

Si quelque belle moins farouche
Veut permettre que sur sa couche
Ie deslie mes callessons,
Iamais en aucune entreprise
Cupidon ne me fauorise
Si ie la paye de chansons,

Pour le couppeur de Bourse.
Aux Dames.

Ie sçay d'vne subtille main
Soudain que les poches ie sonde
Si bien mesnager mon dessein
Que ie couppe la bourse au monde:

Belles ne craignez pourtant point
Que les effects de ma malice
Vous attaquent iusqu'à ce point,
I'en ay deux a vostre seruice.

Pour le crieur de sablon D'estampe.

Comme sur les bords du Pactole
Le sable en or se va changeant,
Du mien ie ferois de l'argent
Au bruict de ma seulle parole,

D

Mais, par ce qu'vne auare fain
Ne me faict pas aymer le gain,
Ie me plais qu'à l'honneur ma fortune responde,
Et ie le porte seullement
Pour monstrer, que ie puis en qualité d'Amant
Ietter de la poussiere aux yeux de tout le monde.

Recit de Mercure, & des Trompeurs.

Ie suis ce demon qu'austres fois
On nommoit le Dieu d'artifice,
Mais ore il faut changer de voix,
Et nommer ainsi la iustice:
Car Themis auecque sa loy
Trompe mieux encore que moy.
Les humains se voyans dupez
Ont recours à ceste Deesse,
Mais quoy? c'est pour estre pipez
D'vne plus subtile finesse:
Car Themis auecque sa loy
Trompe mieux encore que moy.

Pour le Commissaire.

Quand le galand fait le mauuais,
Et qu'il porte ses armes droictes
Belles, soudain ie vous le mets
Dans vos prisons les plus estroittes,
Mais ie fais cela neantmoins,
Comme l'ordonnance le porte,

Sous la foy de deux bons tefmoins
Que ie fais tenir à la porte.

Pour vn Sergent à pied.   Aux Dames.

Voyez vn Sergent croté
    Faulte d'eftre bien monté,
    Secourez fon indigence,
    Mes Dames remontez moy,
    Et ie promets fur la foy
    D'exploiter en diligence.

Pour vn Sergent à cheual.

Ie fuis Sergent à cheual
    Qui fait mainte cheuauchee,
La plume dont i'efcris, eft fouuant empefchee
    Mais pour faire toufiours plus de bien que de mal.
Belles fi ie vous adiourne,
    Comparoiffez promptement,
    Si vous faictes autrement,
    Et que chez vous ie retourne,
    L'Amour qui fe fert de nous
    Leuera defaut fur vous.

Pour le troifiefme Sergent.

Ie ne cours point de grands hazars,
    Et fi les plus cheris de Mars

Ne me disputeront la gloire,
En vn iour ie faicts plus d'exploits
Que Cesar n'en fit en six mois
Auecque ma seule escritoire:
Je faits prisonnier par le Roy,
Mais i'ay trouué plus fin que moy,
Et sens ma liberté rauie,
Car vn Archer plus diligent
A coffré le pauure Sergent
Dedans la prison de Siluie.

Pour le Solliciteur.   Aux Dames.

Mes Dames seruez vous de moy,
Ie sollicite en bonne foy,
Et i'ay de tres bonnes adresses,
Mais pour vous seruir vne fois
Si ie ne vois toutes vos pieces
Ie ne puis poursuiure vos drois.

F I N.

www.ingramcontent.com/pod-product-compliance
Lightning Source LLC
LaVergne TN
LVHW021809030726
842523LV00003B/1297